La classe de potions

Des romans à lire à deux,
pour les premiers pas en lecture !

La collection Premières Lectures accompagne les enfants qui apprennent à lire. Chaque roman peut être lu à deux voix : l'enfant lit les bulles et un lecteur confirmé lit le reste de l'histoire.

Cette collection a trois niveaux :

NIVEAU 1 les bulles peuvent être lues par l'enfant qui débute en lecture.

NIVEAU 2 les bulles peuvent être lues par l'enfant qui sait lire les mots simples.

NIVEAU 3 les bulles peuvent être lues par l'enfant qui sait lire tous les mots.

Quand l'enfant sait lire seul, il peut lire les romans en entier, comme un grand !

Un concept original **+** des histoires simples **+** des sujets qui passionnent les enfants **+** des illustrations :
des romans parfaits pour débuter en lecture avec plaisir !

Cette histoire a été testée par Francine Euli, enseignante, et des enfants de CP.

L'orthographe rectifiée est appliquée dans cette ouvrage.

Loi n° 49-956 du 16 juillet 1949 sur les publications destinées à la jeunesse, modifiée par la loi n° 2011-525 du 17 mai 2011.
ISBN : 978-2-09-258744-7

NIVEAU 1

Amélie Maléfice

La classe de potions

Texte d'Arnaud Alméras
Illustré par Gaëlle Duhazé

Nathan

Ce mercredi-là, Siméon est venu jouer chez son amie Amélie. Ils se sont bien amusés toute l'après-midi.

Soudain, ils entendent la voix
de madame Maléfice :
– Amélie, il faut préparer ton cartable
pour demain !

Amélie et Siméon sont en CP. Ça veut
dire Classe de Potions, et c'est du sérieux !

La maitresse leur a demandé
d'apporter :
une feuille de papier déchirée
en morceaux,
une goutte de parfum,
un peu d'encre noire,
du lait de chauve souris,
une écaille de serpent
et une plume pour remuer la potion.

Amélie prépare toutes ses affaires.
– Il ne te manque plus que le parfum, dit Siméon.
– Je vais chiper celui de Maman !

Devant le miroir magique
de madame Maléfice sont alignés
de nombreux flacons.

– Tu crois que ce sont tous des parfums ? demande Siméon.

Amélie hésite :

– Lequel choisir ?

Tout à coup, Siméon sursaute.

– Il ne faut pas qu’elle me voie, souffle Amélie.

Amélie attrape un petit flacon
et les deux amis quittent la chambre
sur la pointe des pieds.

Le lendemain, en classe, les élèves sortent leurs chaudrons de leurs cartables. Madame Sorceleuse, la maitresse, demande :
– Vous avez tout ce qu'il faut pour fabriquer vos potions d'apprentissage ?

– Pour apprendre à lire sans se fatiguer, c'est très pratique ! se réjouit Siméon.

Chacun prépare sa potion en répétant :
« On apprend bien,
on est très sages,
avec la potion d'apprentissage ! »
Puis les élèves les remuent
avec leurs plumes.

Mais la potion d'Amélie est la seule à faire des petites bulles…

Ensuite, chacun avale une gorgée de potion.

– Elle a un drôle de gout, la mienne ! souffle Amélie à Siméon.

– Tu veux gouter ? demande-t-elle encore.

La maitresse demande alors
à Jules de lire à haute voix.
Il lit lentement :
« Piplo, le petit crapaud, vivait
dans les marais. »

Puis madame Sorceleuse se tourne vers Amélie et lui dit :

– Veux-tu nous lire la suite ?

Amélie se penche sur son livre :

– Piplo hohoho... le gentil hihihi... crapaud hohoho... voulait voler héhéhé... comme un canari hihihi !

À chaque fois qu'Amélie prononce un mot, elle ne peut s'empêcher de rire !
La maitresse fait les gros yeux à Amélie :
– Qu'est-ce qui te fait tant rire ?
Qu'as-tu fabriqué avec ta potion ?

– Mais j'ai mis hihi tout ce qu'il fallait héhé… répond Amélie.

Siméon observe la table de son amie.
Il prend le flacon de parfum
et il déchiffre sa minuscule étiquette…

– Catastrophe ! murmure le petit sorcier, le flacon… ce n'est pas du parfum ! C'est un truc de grands pour faire des blagues !

La maitresse s'approche du chaudron d'Amélie.

– Voyons quel gout a ta potion…

Elle hausse les épaules :
– Tu t'es sans doute trompée dans l'un des ingrédients… Bon, je vais t'aider !

Par-dessus l'épaule d'Amélie, elle lit :
« Piplo hohoho... a beau sauter héhéhé...
il ne peut pas hahaha... s'envoler
héhéhé ! »

Catastrophe ! La maitresse est victime

à son tour de l’élixir !

Toute la classe éclate de rire.

Siméon file alors chercher dans l'armoire la potion d'annulation, celle qui fait disparaitre les sortilèges ratés. Il tend le petit flacon à la maitresse.

Madame Sorceleuse en verse une goutte dans sa cuillère et dit :
– Je vais aussi en donner à Amélie, elle en a bien besoin !

Hé hé hé !
AH
Hi hi hi !

AH AH
AH
SORCI BUS
?

Bravo ! Tu as lu un livre en entier !
Tu as aimé cette histoire ?
Découvre les autres aventures d'Amélie et Siméon !

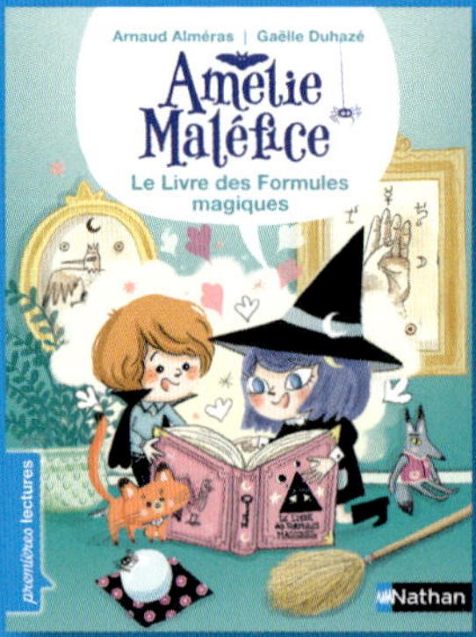

premières lectures

N° éditeur : 10261220 – Dépôt légal : janvier 2019
Achevé d'imprimer en décembre 2019 par Pollina
(85400 Luçon, Vendée, France) - 92356

IMPRIM'VERT
Votre imprimeur agit pour l'environnement
FSC www.fsc.org
MIXTE
Papier issu de sources responsables
FSC® C022030